AF602489

2 avril 1900

DN

COLLECTION

DE

M. P. RAYBAUD

Collection de M. P. RAYBAUD

(DE MARSEILLE)

TABLEAUX MODERNES

CONDITIONS DE LA VENTE

La vente sera faite au comptant.

Les Acquéreurs paieront *cinq pour cent* en sus des prix d'adjudication.

PARIS — IMPRIMERIE GEORGES PETIT, 12, RUE GODOT-DE-MAUROI.

CATALOGUE

DE

TABLEAUX MODERNES

PAR

CHINTREUIL, DAUBIGNY, DELPY, DIAZ
J. DUPRÉ, GEGERFELT, ISABEY, CH. JACQUE, E. MARTIN
MONTICELLI, PELOUSE, DE THOREN, VOLLON, ZIEM.

COMPOSANT LA

Collection de M. P. RAYBAUD

(DE MARSEILLE)

ET DONT LA VENTE AURA LIEU A PARIS

HOTEL DROUOT, Salle N° 6

Le Lundi 2 Avril 1900

A QUATRE HEURES

COMMISSAIRE-PRISEUR
Me PAUL CHEVALLIER
10, Rue de la Grange-Batelière

EXPERT
M. GEORGES PETIT
12, Rue Godot-de-Mauroi

EXPOSITIONS

Particulière : Le Dimanche 1er Avril 1900, de 1 h. 1/2 à 5 h. 1/2.
Publique : Le Lundi 2 Avril (jour de la vente), de 1 h. 1/2 à 4 h.

Δ 12 412

TABLEAUX

CHINTREUIL

ANTOINE

1 — *Le Chemin creux.*

Au fond de la vallée, le chemin se dessine entre des pentes verdoyantes. L'horizon est fermé par un bouquet d'arbres. Au milieu du chemin passe un troupeau de moutons.

Signé à gauche, en bas.

Toile. Haut., 27 cent.; larg., 41 cent. 1/2.

DAUBIGNY

(CHARLES)

2 — *Coucher de soleil au bord d'une rivière.*

L'étang est entouré de terrains plantés de grands arbres, dont la tête est balancée par le vent. Au milieu, dans l'écartement des branches, il y a une envolée de ciel, où le soleil couchant allume de fauves clartés. Des reflets frissonnent à la surface de l'eau.

A droite, au premier plan, un paysan surveille sa bête qui paît.

Signé à droite, en bas.

Panneau. Haut., 25 cent.; larg., 46 cent.

Daubigny

Coucher de soleil au bord d'une rivière

DELPY

(CAMILLE)

3 — *Les Lavandières. Bord de rivière en automne.*

C'est l'automne : la rivière coule entre des rives boisées ; à gauche, au fond, des lavandières sont occupées à leur besogne domestique. De l'autre côté, une bande de canards laisse de longs sillons dans le miroir du cours d'eau qui dessine un tournant, au fond à droite. Dans le ciel, de chaudes clartés de soleil couchant.

Signé à droite, en bas.

Panneau. Haut., 30 cent. ; larg., 52 cent.

DIAZ

(NARCISSE)

4 — *Le Hallier, après l'orage.*

Un sol montagneux dont les mouvements se cachent sous des bruyères et des genêts jaunis par l'été. A l'épaule des collines, le ciel s'appuie, très embrumé de nuages qui portent des menaces d'orage. Au milieu, sur la pente, une paysanne debout descend.

Signé à gauche, en bas : *1864*.

Panneau. Haut., 31 cent. 1/2 ; larg., 43 cent.

Diaz

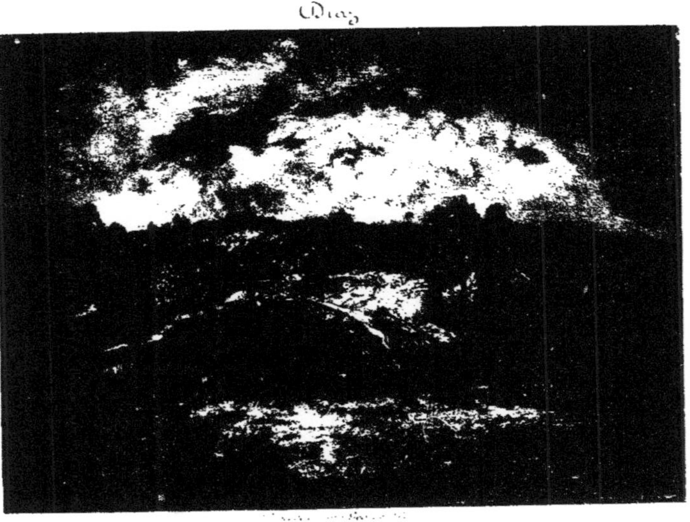

La Mare après l'orage

Dupré

DUPRÉ

(JULES)

5 — *La Mare, coucher de soleil.*

Dans la campagne, marquée à gauche par un bouquet d'arbres, à droite, par une chaumière qui s'élève à l'entrée d'un bois. Cette campagne est traversée par un ruisseau, dont le miroir argenté réfléchit le ciel où passent des nuages bordés de feu, d'une impression tragique. A droite, au milieu du ruisseau, un pêcheur dans une barque est en train de couler un épervier.

La campagne s'étend jusqu'à l'horizon qui s'illumine des clartés du soleil couchant.

Signé à droite, en bas.

Panneau. Haut., 29 cent.; larg., 42 cent.

GEGERFELT

6 — *La Barque.*

Au bas d'une terrasse qui domine le port, un homme manœuvre en godille une barque. Au fond, tout une flotte amarrée.

Signé à gauche, en bas : *82*.

Toile. Haut., 50 cent.; larg., 43 cent.

ISABEY

(EUGÈNE)

7 — *Chaumière au bord de la mer.*

Au pied de la falaise dont les hautes cassures se dessinent sur le ciel ennuagé, la chaumière dresse son toit, dont la cheminée fume. Sur une petite haie, des linges sont à sécher. Vers la gauche, un fermier est occupé avec deux chevaux. Non loin de là, vers la droite, une femme fait sa lessive.

Signé à gauche, en bas : *E. I.*

Panneau. Haut., 22 cent.; larg., 28 cent.

Jacque (Ch.)

Berger et son troupeau pendant l'averse

JACQUE

(CHARLES)

8 — *Berger et son troupeau pendant l'averse.*

Dans la plaine, le nuage vient de crever, et vers la droite, à travers la lumière, on aperçoit les transparences cinglantes de l'eau. Le troupeau de moutons est réuni, les bêtes se pressent l'une contre l'autre ; le chien qui les garde baisse la tête, et le berger, en un geste frileux, arrondit ses épaules en porte-manteau.

Au fond, la campagne s'élève en collines basses. Le ciel est marbré de nuages.

Signé à droite, en bas.

Toile. Haut., 45 cent. 1/2 ; larg., 65 cent. 1/2.

MARTIN

(ÉTIENNE)

9 — *La Foulaison, en Provence.*

La campagne. A gauche, deux grandes meules. Au fond, d'autres meules; puis, à l'horizon, des montagnes, sur un ciel bleu d'azur diaphane. Sur le sol, les moissonneuses étendent les tiges blondes que des ânes vont fouler. A perte de vue, ce sont des hommes remuant les gerbes et des ânes attendant pour leur mission agricole.

A gauche, entre les meules, au fond, on aperçoit une rivière.

Signé à gauche, en bas.

Toile. Haut., 1 m. 10; larg., 1 m. 50

Salon de 1887.

Monticelli

Enfants jouant dans un bois

MONTICELLI

10 — *Enfant jouant dans un pré.*

Dans une clairière, des paysannes s'amusent à faire jouer un chien, à la grande joie d'un enfant que tient sa mère, et qui lève sa main, armée d'un petit bâton.

A droite, au fond, on aperçoit une figure de femme, se promenant sous la verdure.

A gauche, parmi les branches, une ferme, puis une montagne, dont le terrain a des cassures brusques.

Signé à gauche, en bas.

Toile. Haut., 45 cent.; larg., 55 cent.

PELOUSE
(LÉON)

11 — *Les Prairies du Moulin d'Arz.*

La prairie, marquée de place en place par des mares, Au milieu, un massif d'arbres et, derrière les frondaisons, la tache sanglante du soleil couchant.

Signé à droite, en bas.

Toile. Haut., 47 cent.; larg., 64 cent.

THOREN
(OTHON DE)

12 — *Cheval à l'écurie.*

Un cheval blanc, de trois quarts à gauche et de dos, la tête tournée de profil. Au-dessus de lui, un râtelier.

Signé à gauche, en bas.

Panneau. Haut., 16 cent.; larg., 21 cent. 1/2.

VOLLON
(ANTOINE)

13 — *L'Aiguière d'argent.*

Sur une console on a placé, retenant une draperie verte, une aiguière d'argent avec son plateau, un moutardier renversé, une flûte à champagne, etc.

Signé à droite, en bas.

Toile. Haut., 41 cent.; larg., 34 cent.

VOLLON
(ANTOINE)

14 — *Le Coup de vent.*

A droite, un champ, aux avoines encore vertes.

A gauche, un chemin bordé d'arbres, dont la tête est courbée par le vent.

Dans le ciel bleu s'envolent de grandes nuées d'orage, ourlées parfois de lumière.

Signé à gauche, en bas.

Panneau. Haut., 50 cent.; larg., 60 cent. 1/2.

ZIEM

(FÉLIX)

15 — *Le Port de Marseille.*

Au fond, les maisons blanches de la ville.

A droite et à gauche, le long des bords du bassin, tout une flotte amarrée, une forêt de mâts munis de cordages et souvent de flammes de couleur.

A droite, un vaisseau a ses voiles blanches flottantes.

A gauche, une barque à l'avant portant un drapeau tricolore, file vers la gauche, sous l'effort robuste de six rameurs.

Çà et là, des bouées flottent à la surface de l'eau, où papillonnent les clairs reflets du ciel d'azur, immuablement pur.

Signé à gauche, en bas.

Panneau. Haut., 82 cent.; larg., 1 m. 30.

Ziem

Imp. Georges Petit.

Le Port de Marseille

ZIEM

(FÉLIX)

16 — *Le Palais des Doges, à Venise, le matin.*

A droite, au fond, sous un ciel encore embrumé, le palais des Doges dont une lumière douce caresse les murailles rosées; du même côté, au premier plan, le quai sur lequel quelques lazzaroni se reposent; des gondoles sont amarrées. L'une, manœuvrée par un gondolier en blouse rouge, va s'éloigner du bord.

Au milieu du canal, une autre gondole file et va passer devant l'église della Salute.

Signé à droite, en bas.

Toile. Haut., 52 cent.; larg., 81 cent.

ZIEM

(FÉLIX)

17 — *La Salute, à Venise, soleil couchant.*

De l'autre du côté du canal, sur le ciel d'azur que le soleil couchant ambre d'or transparent, l'église apparait dans un enchantement de lumière.

Au milieu du canal, une gondole s'éloigne dans la direction d'un vaisseau dont on aperçoit au loin la haute mâture et la flamme de couleur.

Signé à droite, en bas.

Toile. Haut., 54 cent.; larg., 80 cent.

ZIEM

(FÉLIX)

18 — *La Voile blanche.*

La Méditerranée, aux profondeurs bleues. Sur l'horizon, marqué par une ville, un bateau dont la grande voile est gonflée par le vent.

A gauche, une chaloupe s'éloigne rapidement, manœuvrée par dix rameurs.

Signé à gauche, en bas.

Panneau. Haut., 36 cent. 1/2 ; larg., 60 cent.

www.ingramcontent.com/pod-product-compliance
Ingram Content Group UK Ltd.
Pitfield, Milton Keynes, MK11 3LW, UK
UKHW020450180726
13839UKWH00004B/1733